AF474501

DERNIER MORCEAU SUR LE CÉLIBAT ECCLÉSIASTIQUE.

La raison devroit suffire aux hommes ; les autorités n'y ajoutent rien. S'il m'est démontré que tel usage est contraire au bon sens, peu m'importe que tel homme pense comme moi, ou que tel autre pense le contraire. Cependant la plupart des esprits, paresseux et pusillanimes, n'osent s'en fier à eux-mêmes ; la vérité même ne leur paroît vraie que lorsqu'elle sort de certaines bouches.

C'est ce qui nous a déterminés à donner encore le morceau suivant sur le célibat ecclésiastique, au risque de nous répéter. Plusieurs curés et une foule de citoyens timorés croient généralement que les évêques et leurs conseils sont tous opposés au mariage des prêtres. Ils vont voir que la nature a ses apôtres jusques dans les synodes, et que le même pouvoir qui permet à une jeune dévote de manger des œufs en carême, peut lui permettre aussi de faire, en tout honneur, avec un prêtre, des enfans qui ne seront point bâtards.

Il y a une espèce d'hommes que le scrupule rend tout-à-fait fous et malades ; ils ont tellement pris à tic certaines vérités, qu'au premier mot qu'on en dit, ils deviennent furieux, comme les taureaux et les épileptiques, à la vue de la couleur écarlate. Ce n'est que pour ces gens là que nous revenons si souvent sur les mêmes pensées ; ils sont physiquement incurables ; ils ne peuvent même nous lire. C'est pour ceux qui, malgré leurs préventions, ne craignent pas d'examiner : avec eux, nous sommes sûrs d'avoir raison à la longue.

Le conseil épiscopal du département du Nord assemblé, M. l'évêque fit part de la lettre d'un père de famille qui désire entrer au séminaire ; il demanda que sa proposition fût mise aux voix, et posa lui-même sa question ainsi qu'il suit :

Peut-on admettre aux ordres un homme marié, et voulant continuer de vivre avec son épouse ?

LE
TRENTE-UN DÉVOILÉ,
OU
LA FOLIE DU JOUR,
DÉDIÉ A LA JEUNESSE,

PAR G. N. BERTRAND.

Timeo Danaos, et dona ferentes. (Virg.)

S'il est quelque joueur qui vive de son gain,
On en voit tous les jours mille mourir de faim.

A PARIS,
Chez L'AUTEUR, rue Louis-Honoré, N°. 8,
près celle de l'Échelle.

AN VI. — 1798.

AVIS.

Le second Volume traitera de *la parfaite égalité*, Passe-dix, pair et impair, avec le *modeste* avantage du banquier 5 et 16, au lieu de 4 et 17.

Quand on prend du galon, on n'en sauroit trop prendre.

Le Biribi avec tous ses agrémens; rouge, noire, pair et impair, grand et petit côté, etc. etc.; mais sur-tout l'*aimable colonne du banquier*, de 6 numéros au lieu de 4.

Combien au biribi notre esprit se déploie !
Que mon père étoit *sot* au noble jeu de l'oie.

La Roulette avec 36 numéros, et toujours cette rouge et noire, Passe-dix, pair et impair (c'est le petit page sans cesse aux pieds de la comtesse). Ce jeu étant plus vif que le Trente-un, j'indiquerai divers moyens de *s'y ruiner en une séance.* Les fermiers de ces jeux achèteront bien plus aisément une ville qu'un

Petibourg (1). Cet acte de générosité de ma part, me vaudra une surveillance générale.

Le Creps. La loyauté de ce jeu fera regretter la préférence qu'on donne aux autres, et pour cause à déduire.

Diverses anecdotes sur les progrès du jeu depuis 20 ans, l'avantage immense que les fermiers en retirent aujourd'hui, au préjudice d'une *autorité constituée*, qui, avec moins de *despotisme*, en feroit meilleur usage, etc. etc. 4 *pages*.

Des rayons de lumières sur ces sortes de jeux, sont d'autant plus urgens, qu'ils sont plus communément suivis par une classe d'hommes peu en état de supporter cette espèce d'impôt, par trop sévère (2). L'artisan y voit s'éclipser journellement le fruit de son travail. S'il gagne d'abord, il y prend goût; s'il perd, il s'y captive, sur le fol espoir de se racheter, et de toute manière, dès qu'il s'y est livré, les arts

(1) Maison de plaisance de la ci-devant duchesse de Bourbon.

(2) Que je vous plains, Palmire, et que sur vos erreurs,
Ma pitié, malgré moi, me fait verser des pleurs!

VOLT.

en souffrent, et ces malheureux s'enveloppent bientôt du manteau de la plus profonde misère. La classe au-dessous donne dans des excès bien plus dangereux encore. *O tempora! ô mores!*

Heureux celui qui, retiré du monde,
Et de ses plaisirs dégoûté,
Jouit dans une paix profonde
Des douceurs de la liberté!

P. S. *Acte de justice à prendre en très-grande considération à l'égard des joueurs* (1).

Ce seroit que lorsqu'il arrive plusieurs refaits de Trente-un de suite, le banquier ne pût se prévaloir que du premier, et que les autres entrassent dans la classe des refaits simples. Dans ce siècle de liberté, on ne met aux fers et cachots que les grands coupables.

A la parfaite Egalité, Passe-dix, pair et impair, qu'ils reprennent leur ancien avantage de 4 et 17, au lieu de 5 et 16.

---

(1) Arbitres des destins, daignez veiller sur eux;
S'ils sont foibles, hélas! qu'ils soient moins malheureux.
Zopire s'exprime en honnête homme.

Au Biribi, (1) leur antique colonne de quatre numéros au lieu de 6. Ces citoyens fermiers aiment les bons morceaux; car avec les avantages actuels, il est constant qu'ils se trouvent plastronés devant tous les problêmes mathématiques.

---

(1) J'invite les amateurs à lire dans les œuvres de Caylus, la reine *Marjolaine* et le roi *Biribi*, sous le titre de la *Princesse lumineuse.*

Ce prince faisoit au Biribi les fonds de toutes les banques de son royaume, et tailloit lui-même à sa Cour. La bonne reine Marjolaine étoit croupière, ses dames d'honneur, *Balsamine* et *Sans-Dents*, distribuoient les jetons. Le prince *Grenadin* étoit grand inspecteur des plaisirs de sa majesté, et le favori de ses incroyables divinités. Le roi soulagea son peuple de toute espèce d'impôts, et ne voulut pour le revenu de sa couronne que le profit des banques. Un édit ordonnoit *seulement* qu'une personne de chaque famille tireroit ou feroit tirer une boule par jour, et sans se donner l'avantage de six numéros, ses revenus surpassèrent ceux de tout l'empire du Mogol.

Ce prince avoit la *bonté* de faire mettre dans les gazettes, tous les pleins qui avoient été gagnés chaque semaine dans ses états; il savoit taire ses gains, et sextupler publiquement ses pertes; mais les pontes se trouvèrent bientôt sans un écu. Les Etats s'assemblèrent, ce jeu fut proscrit à jamais; ils permirent le jeu de l'Oie et le Trou-Madame.

INTRODUCTION.

LE jeu de Trente-un est en vogue depuis vingt ans, depuis vingt ans ce jeu magique est un écueil où vont chaque jour s'engloutir les fortunes des navigateurs sans expérience, et cependant personne n'a encore eu le courage ou plutôt l'humanité d'éclairer cet écueil du fanal de la vérité et de la raison. Seroit-ce la crainte de déplaire à quelque banquier en crédit? Mais peut-on balancer cette crainte avec la certitude d'être utile à des milliers de citoyens qui s'y ruinent tous les jours (1)? Guidé par ce seul motif, je viens

(1) Mais les meilleurs conseils sont-ils toujours suivis?

leur offrir le résultat d'une longue expérience et de sérieuses réflexions: heureux si je puis sauver du précipice un seul malheureux novice prêt à se lancer dans la carrière! Et quant à ceux que l'ascendant de l'habitude ou d'un goût dominateur subjugue, puissent-ils trouver dans cet apperçu, sinon la guérison d'une maladie dévorante, du moins les moyens de régulariser leur marche avec infiniment plus de circonspection (1)!

---

(1) Pour le mieux détester, apprends à le connoître.

(Mahomet à Omar.)

HISTORIQUE

HISTORIQUE DES JEUX

ET ANECDOTES.

DANS tous les pays de la terre on joue; de tout tems on a joué, et on jouera.

Dès que les hommes se réunirent en société, leur imagination créa diverses sortes d'amusemens; tout servit à exciter leurs plaisirs : la présence de leurs femmes, de leurs enfans, de leurs amis, aiguillonna leur amour-propre. On voulut mieux faire; on voulut être plus adroit, plus fort, plus heureux que les autres.

Il faut donc dater l'origine des jeux, de l'époque où l'homme vécut avec son semblable. A mesure qu'il se poliça, ses jeux devinrent plus recherchés.

Jeux d'adresse et de force, furent les jeux de l'homme sortant presque des bras de la nature : ils ne périront qu'avec lui.

Jeux de calcul et de hasard naquirent de

l'imagination qui cherche à s'amuser de l'oisiveté, ennemie de la réflexion.

Les Grecs, les Romains eurent leurs *pugilistes* et leurs gladiateurs : long-tems avant on connoissoit les jeux de hasard.

Qui ne sait que la tunique de Jésus-Christ fut jouée au Passe-sept par ceux qui s'en emparèrent.

Homère nous parle du jeu d'Osselets comme d'un des plus dangereux qu'il y eût de son tems. On y jouoit sa femme, ses enfans et soi-même.

Quel est l'écolier qui se doute aujourd'hui, en jetant en l'air quelques os de jointures d'un agneau, que ces os décidèrent autrefois de la liberté ou de l'esclavage d'un homme?

Mais laissons l'antiquité, et venons à un siècle moins éloigné de nous, à celui où le jeu de cartes fut créé.

Ce fut sous Charles VI. Ce roi attaqué d'une maladie hypocondriaque, ne pouvoit trouver aucun sujet de distraction. Un de ses courtisans imagina de faire peindre sur des cartons différentes figures; et un peu versé dans les mathématiques, il trouva la combinaison du jeu de piquet, ainsi nommé, parce que souvent il devient piquant en raison des probabilités qu'il présente, et qui se trouvent détruites par une rentrée à laquelle on ne s'attendoit pas.

Du jeu de piquet sont dérivés plusieurs autres jeux, qu'on nomme de société ; et enfin, des cartons peints, qui ressemblent à la boîte de Pandore, est né le Trente-un : au fond de la boîte est l'espérance qui fait le soutien du ponte. On jouoit, avant, le 30 et 40. Le point de 31 se trouvoit pour le ponte et le banquier, c'est-à-dire qu'il n'y avoit ni perte ni gain pour l'un ni pour l'autre : chacun étoit banquier à son tour ; ce jeu présentoit alors une chance égale.

Hazon fut le premier qui proposa d'être toujours banquier, sous la condition qu'on lui accorderoit moitié des mises toutes les fois qu'il y auroit égalité de 31. Voilà ce qui a donné naissance aux banques de Trente-un qui se tinrent à cette époque chez plusieurs ambassadeurs qui vendoient fort cher le droit de jouer dans leur hôtel.

Long-tems avant, un duc de Gêvres, sous Louis XIV, avoit affermé, à raison de cinq mille livres par jour, la permission de jouer la Roulette dans son hôtel de Soissons.

Payer pour avoir le droit de jouer n'est donc pas une chose nouvelle ; et le gouvernement ne pouvant pas plus s'opposer à la passion du jeu qu'à toute autre, a fait preuve de sagesse, en faisant tourner à l'avantage de l'indigent un mal qu'il n'étoit pas en son pouvoir de déraciner.

Louis XIV, avec toute sa puissance, ne put empêcher qu'on jouât le Lansquenet ; il trouva moins d'obstacles pour l'exécution d'un édit injuste, qui bannit de la France plus de cent mille familles qui avoient le malheur de n'être pas catholiques.

Il est démontré que l'empire sur les passions n'appartient à personne. Semblables à l'air qui ne veut être comprimé ni gêné dans la moindre chose, elles percent et se font jour par-tout.

C'est en vain que l'on tenteroit de mettre des bornes à la témérité des joueurs. Ceux-ci sont plus agiles que la verge des loix qui les poursuit sans les atteindre.

Le maréchal de Saxe étant en quartier d'hiver en Flandre, se félicitoit de les avoir tellement intimidés, que l'on n'en voyoit presque plus dans son armée. On se mit à rire. Le maréchal voulut savoir ce qui en étoit, et promit de faire grâce pour cette fois. On lui dit que dans la maison voisine toutes les caves, chez un brasseur de bierre, étoient remplies de joueurs.

Le jeu nous plaît en général, dit Montesquieu, parce qu'il attache notre avarice, c'est-à-dire l'espérance d'avoir plus; il flatte notre vanité par l'idée de la préférence que la fortune nous donne, et de l'attention que les autres ont sur notre bonheur; il satisfait notre curiosité en nous procurant un spectacle; enfin il nous donne les différens plaisirs de la surprise.

Les jeux de hasard nous intéressent particulièrement parce qu'ils nous présentent sans cesse des évènemens nouveaux, prompts et inattendus.

Cependant cet amusement se tient rarement dans les bornes que son nom promet, sans parler du tems précieux qu'il nous fait perdre et qu'on pourroit mieux employer; il se change en habitude puérile, s'il ne tourne en passion funeste par l'amour du gain.

Madame Deshoulières a dit:

Le désir de gagner qui nuit et jour occupe,
Est un dangereux aiguillon :
Souvent quoique l'esprit, quoique le cœur soit bon,
On commence par être dupe,
On finit par être fripon.

Il est une multitude d'exemples où l'on voit que l'excès du gain comme celui de la perte, a aliéné de certains cerveaux. C'est au jeu que se manifestent toutes les nuances du désespoir.

Deux joueurs faisoient montre de leur rage, l'un par un morne silence, l'autre par des imprécations redoublées. Celui-ci choqué du sang-froid de son voisin, lui reproche d'endurer sans se plaindre des revers coup-sur-coup multipliés. Tiens, répond l'autre, regarde : il s'étoit déchiré la poitrine, et lui en montroit des lambeaux sanglans.

C'est au jeu que la cupidité trahit notre cœur : on sèche de désir, on frémit de colère; que d'injures !....

Il y a trois occasions où le caractère se démasque; quand on a bu, quand on a perdu son argent, et quand on est en colère.

Caligula et Néron étoient furieux au jeu; beaucoup aujourd'hui les imitent.

Le joueur le plus paisible est souvent celui qui éprouve le plus d'angoisses; c'est dans le cœur que gronde la tempête.

Un joueur furieux d'avoir perdu tout son argent dans le palais d'un ci-devant prince, jura de ne jamais remettre les pieds dans ce *tripot.* Madame P...... qui entendit ce propos ridicule, dit de manière à être entendue : Ce monsieur doit être bien logé.

Un autre, maltraité par la fortune (évènement très-ordinaire), se repandoit en mots grossiers, en présence de la dame de la maison, qui lui répondit sans se déconcerter : J'ignorois encore, monsieur, que ces mots appartinssent à notre langue.

Je pardonnerai à mon fils toutes ses erreurs, dit un père respectable, mais pour le vin et le jeu, je serai inexorable : avec l'un de ces deux vices, on ne se persuaderoit jamais qu'il est honnête homme.

La frénésie des jeux de hasard est si grande aujourd'hui, qu'après avoir perdu tout l'argent que l'on a sur soi, on emprunte à maître et valet.

Une mère infortunée vint chercher son mari qui jouoit depuis deux jours. Laissez-moi, s'écria-t-il, encore un moment, un instant; je vous reverrai peut-être..... après-demain. Le malheureux! il arriva plutôt qu'il ne l'avoit promis. Sa femme etoit couchée, tenant à la mamelle le dernier de ses fils : Levez-vous, madame; le lit où vous êtes ne vous appartient plus.

Il faut être au fort de ces séances; on y voit d'un coup d'œil ce que l'imagination ne pourroit supposer.

Un joueur s'appercevant qu'on le trompoit, tira secrètement son couteau, et d'une main sûre, cloua sur la table celle de son adversaire : J'ai tort, lui dit-il, si les dés ne sont pas *pipés*.

Il n'étoit permis de jouer, chez les anciens peuples, que devant le magistrat : celui-ci avoit son droit de présence. Il veilloit sur les différens jeux, avertissoit des fautes, et punissoit les prévaricateurs en leur faisant couper deux doigts. Les inspecteurs d'aujourd'hui sont beaucoup moins sévères.

C'est aux jeux de hasard que les étrangers voient s'engloutir leur or, les pères de famille la fortune de leurs femmes éplorées, et les jeunes gens l'héritage de leurs pères; les banquiers seuls s'y enrichissent, achètent les plus beaux domaines de nos ci-devant princes, et bravènt dans des chars brillans attelés de quatre chevaux, la misère de ceux qu'ils ont dépouillés: ils insultent aux larmes des malheureux qu'ils ont réduits au désespoir.

L'un des plus beaux présens que la philosophie, de concert avec l'éloquence, pût faire à la jeunesse, seroit le tableau fidèle de la fureur du jeu, telle qu'on la voit maintenant en Europe; mais pour être lu par les joueurs, il faut être court et précis. Les plus célèbres mathématiciens, Bernoulli, Montmort, Barbeyrac, Huygens, Thiers, Laplacette, Moivre, Pascal, Nicole, Sauveur et d'Alembert ont écrit des volumes; Dussaulx en a extrait les morceaux les plus frappans, et tout ce qu'il a ajouté le rend très-intéressant.

Ecrire contre les jeux, c'est convenir que l'on est joueur; l'entreprise en est plus louable. Beverley et le Joueur sont des chef-d'œuvres qn'on met trop rarement sur la scène; au style plein de feu de leurs auteurs, on devine aisément que Saurin et Regnard ont été plus d'une fois les victimes du sort. Il eût été à désirer que l'auteur du Tartuffe nous eût laissé un Joueur ; cette réunion d'éloquence serviroit à exercer la mémoire de la jeunesse.

On a constamment blâmé les joueurs. Socrate leur reprochoit de croupir dans l'oisiveté. Théophraste les couvroit de mépris. Aristote, Platon, Sénèque, Plutarque leur refusoient toutes les qualités du cœur, les traitoient de mauvais parens, d'amis infidèles.

Les jeux de hasard furent prohibés chez les Romains, sous peine d'infamie; quiconque y donnoit à jouer perdoit le droit de citoyen.

Un évêque s'attira cette épitaphe pour avoir scandalisé son diocèse.

Le bon prélat qui gît sous cette pierre
Aima le jeu plus qu'homme de la terre :
Quand il mourut, il n'avoit pas un liard;
Et comme perdre étoit chez lui coutume,
S'il a gagné paradis, on présume
Que ce doit être un grand coup de hasard.

François Ier. en 1532 défendit les jeux de hasard, seulement aux comptables; il condamna quiconque joueroit contr'eux à restituer le double de ce qu'il leur auroit gagné.

Sous Henri II, François II, Charles IX et Henri III, les joueurs ne furent presque point inquiétés ; ils triomphèrent sous Henri IV.

Louis XIII, indigné de leurs excès, ne fut pas plutôt sur le trône, qu'il déploya contr'eux toute la rigueur des loix.

Louis XIV défendit la Bassette et le Hoca ; que firent les joueurs ? Ils déguisèrent ces jeux sous le nom de Pharaon, Barbacole, Pour et Contre. C'est ainsi qu'on se moquoit des précautions de la reine mère, qui pendant sa régence, afin de rendre les recherches plus imposantes, faisoit accompagner les officiers de police par un exempt de ses gardes.

On compte sous Louis XIV plus de vingt ordonnances, déclarations ou édits contre les jeux de hasard.

« Si quelqu'un, dit Charles II, soit en » jouant, soit en pariant, perd plus de cent » livres en une séance, je le dispense du » paiement. Je condamne son adversaire à » compter le triple de la somme gagnée, » moitié à la couronne, moitié au dénon- » ciateur ».

Que de banquiers de nos jours seroient ruinés !

La reine Anne déclara nuls et de nul effet les billets, l'argent prêté, et tous les engagemens contractés au jeu : elle donna encore action au perdant contre le gagnant.

Que de pontes une pareille loi enrichiroit aujourd'hui !

Henri II, duc de Montmorenci, venoit de gagner une somme considérable; quelqu'un dit à voix basse : Il y auroit là de quoi faire la fortune d'un honnête homme. Le duc l'entendit : Vous et les vôtres, soyez heureux, répliqua-t-il, en lui donnant son or.

C'est à la cour d'Henri IV que fut perfectionné l'art de se ruiner plus promptement, et que plusieurs italiens firent valoir leurs talens.

L'un d'eux, nommé Pimentel, s'étant prévalu, contre le duc de Sully, de l'honneur qu'il avoit de faire souvent la partie de Henri IV : Comment, ventre de ma vie, lui répliqua le duc, vous êtes donc, à ce que je vois, ce gros piffre italien qui gagnez tous les jours l'argent du roi? Par dieu, vous êtes mal tombé, car je n'aime, ni ne veux ici de telles gens. Pimentel s'échauffoit : Allez, allez, lui dit-il en le repoussant, vous ne me persuaderez point avec votre baragouin.

Sous Louis XIII on comptoit 47 brelans autorisés, dont plusieurs magistrats tiroient tous les jours une pistole, et l'on disoit tout haut : le premier président, le lieutenant civil, le procureur du roi du Châtelet font grande chère à nos dépens. Ce prince n'aimoit que l'Échiquier, et Henri III le Bilboquet.

Mazarin introduisit le jeu à la cour de Louis XIV en 1648 ; il engagea le roi et la reine régente à jouer, et l'on préféra les jeux de hasard. Le jeu passa de la cour à la ville, et de la capitale dans toutes les villes de provinces.

Les joueurs, séduits par l'attrait des richesses, se figurent que pour les obtenir il suffit de les souhaiter. La cause première de la passion du jeu réside dans la cupidité qui nous est naturelle ; c'est-à-dire dans le désir inquiet et vague de toutes les jouissances qui frappent nos regards, qui touchent notre cœur. Plusieurs, néanmoins, ont cru trouver cette cause, les uns dans l'ennui, les autres dans l'avarice.

Les joueurs sont ordinairement sans caractère ; les sensations tumultueuses et contraires qui les agitent, se détruisent réciproquement, ou ne laissent que des traces confuses; aussi n'ont-ils guères que des figures égarées et sans physionomie.

Cette passion compromet l'honneur, dégrade l'esprit, et le soumet aux plus vils préjugés, endurcit le cœur, le ferme à la justice, à la bienfaisance ; elle les pousse à prodiguer leurs gains, jamais à payer leurs dettes ; tantôt à regarder ces mêmes gains comme un dépôt de la fortune, comme un nouveau gage des faveurs qu'ils en attendent. Au premier revers ils achètent l'argent le double de sa valeur, et livrent à vil prix leurs effets les plus précieux. On en a vu risquer jusqu'à des successions qui n'étoient pas échues. Il est prudent d'écarter le jeu des regards de la jeunesse, mais on devient joueur à tout âge.

La plupart de nos erreurs tiennent à de bonnes qualités; il s'agit ici d'un vice pur et sans mélange. Je défie de me montrer un joueur qui ait véritablement le droit de s'estimer. Un joueur ! ce titre seul est une insulte. On sera forcé d'en convenir, puisque cette manie roule sur trois pivots qui sont sans intermédiaire, la sottise, la fureur et la fourberie.

Mettons au rang des sots quiconque risque le nécessaire pour acquérir le superflu, puisqu'il y a toujours au jeu (de hasard surtout,) avec avantage pour le banquier, plus de dommage à essuyer que du fruit à recueillir : le rapport de l'existence au néant ne souffre point de comparaison.

Les joueurs se prévalent de ce que de grands géomètres se sont amusés dans leurs récréations mathématiques à résoudre quelques problêmes sur les différens jeux de hasard ; mais loin d'en inspirer le goût, ils n'ont rien négligé pour éloigner toute idée de spéculation à cet égard, qui devient d'autant plus dangereuse aujourd'hui, qu'il conviendroit d'envoyer tous les matins savoir si les gens sont ruinés, comme on s'informe de leur état quand on les sait malades.

Un homme opulent perdoit cent mille écus, et vouloit quitter le jeu pour aller vendre sa terre qui valoit le double. Pourquoi la vendre, lui dit *obligeamment* son adversaire? jouons le reste. La fortune changea, le perdant ruina l'autre.

Quelquefois l'avidité se méprend ; plusieurs pour gagner davantage ont tout perdu contre des gens qui n'avoient plus que leur parole.

Au fort d'un hiver rigoureux, un joueur voyoit, en pâlissant, le fond de sa bourse. Il se mouroit de froid et de regret, ne pouvant pas se résoudre à quitter la partie, car les joueurs blessés à mort sont les plus opiniâtres : *Va me chercher le grand sac*, dit-il à son valet. Ces mots, proférés sans dessein, réveillèrent la cupidité de ceux qui ne vouloient plus jouer contre lui, et furent cause qu'il regagna le triple de ce qu'il avoit perdu : alors arriva le grand sac ; *c'étoit un sac de peau d'ours* (1).

Un homme aussi ivre de gain que d'amour-propre, sort d'une maison de jeu pour rentrer dans une autre. On l'annonce. Je suis comblé, s'écrie-t-il, mes poches sont pleines d'or :

(1) D'Esti***.

Pair

Pair ou non? Non, dit quelqu'un. Il fallut compter : cet énorme gain appartint à celui qui avoit paru prendre l'autre au mot ; car ce mot est irrévocable, et l'on ne jugea pas sur l'intention.

Un receveur eut la curiosité de connoître le jeu de Trente-un; il se fit présenter chez Madame***, mit par contenance quelques écus sur le tapis : On ne joue ici que de l'or, lui dit-on, retirez votre argent. Cet homme fier avoit sur lui le montant de *sa recette*, il le risque d'un seul coup : Malheureux, lui dit son ami, si tu avois perdu! — Eh bien! ne devions-nous pas traverser la rivière?

Après avoir perdu de sang-froid la moitié de sa fortune, un père de famille joua le reste, et perdit sans murmurer. On le regarde, sa figure ne change point; on s'apperçoit seulement qu'elle devient immobile : cet homme vivoit à son insçu Deux ruisseaux de larmes s'échappent de ses yeux, et toujours sans que ses traits soient altérés : il ne parut d'abord que ridicule. Je ne sais quelle idée *cette statue pleurante* réveilla tout-à-coup dans l'ame des spectateurs; *quoique joueurs*, ils finirent tous par être saisis de terreur et de pitié.

Comme le chien qui mord la pierre qu'on lui jette, le joueur s'en prend à tout, mange les cartes, brise les dés, rompt les meubles, et se frappe lui-même : on en a vu mâcher une bougie ardente et l'avaler.

Un furieux, à Naples, mordit la table avec tant de violence, que les dents entrèrent de force dans le bois : il y resta comme cloué, sans chaleur et sans vie.

Louis XIII déclaroit *infâme*, *intestable*, *et incapable de tenir jamais offices royaux*, quiconque, malgré ses ordres réitérés, se livroit aux jeux de hasard...... Avoit-il tort ?

Lusori cupido semper gravis exitus instat.

Que doit-on penser de la fortune des joueurs, de la nature de leurs gains ? Le joueur le plus méprisable n'est pas toujours celui que le sort a le plus maltraité. De tous les moyens d'acquérir, je n'en connois pas de plus injuste que le jeu. Le beau titre pour s'emparer des biens d'un autre, que la décision d'un coup de carte ou de dés ! Les passions utiles ont de l'émulation, les passions funestes n'ont que de l'envie.

On pourroit compter plus de fortunes détruites par le jeu, que de santés par la médecine : ce n'est pas exagérer. Pour un ou deux joueurs dont on vante le succès, des milliers sont réduits à la mendicité. Combien en a-t-on vu prospérer? Combien a duré leur règne? Quelqu'heureux que l'on soit, le bonheur a son terme ; les gains s'évanouissent en un clin-d'œil. Une seule fortune ne sauroit soutenir la concurrence des fortunes réunies de tous ceux qui courent cette funeste carrière. Leur manie obstinée doit enfin rencontrer un écueil. Ceux dont on envie le destin ne sont que des frénétiques voguant au hasard sur une mer orageuse et sans ports: c'est ainsi qu'en jugeoit un homme de nos jours.

Un père respectable exigea que la communauté de biens entre sa fille et son gendre, fût rompue le lendemain d'une séance où celui-ci avoit gagné cent mille écus. On le supplia de différer : Non, dit-il, je ne veux pas que mon sang profite un seul instant de l'injustice, ni que ma fille meure sur un fumier. Il fit dater la séparation de la veille. L'évènement le justifia.

Un autre voyant son fils prêt à s'oublier

au jeu, le laissa faire. Ce jeune homme perdit une somme assez considérable. Je la paierai, lui dit son père, parce que l'honneur m'est plus cher que l'argent; cependant, expliquons-nous : Vous aimez le jeu, mon fils, et moi les pauvres. Un joueur ne doit point se marier. Jouez tant qu'il vous plaira ; mais à cette condition : Je déclare qu'à chaque perte nouvelle, les infortunés recevront de ma part autant d'argent que j'en aurai compté pour acquitter de semblables dettes. Commençons dès aujourd'hui : la somme fut sur-le-champ portée à l'hôpital, et le jeune homme n'a pas récidivé.

Tout se traite maintenant, les cartes à la main. Quiconque n'est pas joueur, ne sauroit se produire chez un certain monde : il passe pour être d'un autre siècle. On est beaucoup moins délicat qu'autrefois sur le choix des sociétés : il suffit d'avoir de l'or pour être bien reçu partout. Un homme connu ayant laissé tomber un double louis sous la table, voulut sur-le-champ le ramasser. Que craignez-vous ? lui dit-on ; il n'y a ici que d'honnêtes gens. Je le crois, répliqua-t-il ; mais de ces honnêtes gens-là, on en pend un par semaine.

Pélissier, fameux voleur, et cependant homme de bonne compagnie, fut arrêté de nos jours chez un intendant de Lyon. Il avoit déjà été fouetté et marqué, cette fois il fut rompu.

Rien de plus plaisant que la manie des joueurs ; ils s'accoutument, pour se délivrer de leurs perplexités, à réaliser des chimères, telles que les places sinistres, les voisins de mauvais augure ; on diroit qu'ils retombent en enfance, tant leurs manières et leurs propos sont puérils. Toutes les fois que monsieur coupe, disoit une joueuse, je suis sûre de perdre. — D'où vient cela? — C'est qu'il coupe sans réflexion. Je vous avouerai, disoit un autre à son voisin, que je ne suis pas assez riche pour que vous restiez auprès de moi. Quelques-uns ne jouent que l'argent d'emprunt, se figurant que cet argent doit leur porter bonheur.

Certains maîtres de maisons ont des lubies comme les pontes. Le ci-devant comte D*** faisoit banque chez lui, et ne tenoit pas au-delà de quatre louis. Un de ses amis lui présente un joueur, qui y défile plusieurs rouleaux. L'introducteur en reçut les complimens les plus affectueux; mais la chance tourna, et les complimens se métamorphosèrent bientôt en reproches les plus amers : Vous deviez bien juger que le jeu de monsieur ne convenoit nullement à ma partie. Pardon, lui répondit-il, je ne vous en présenterai plus que je ne sois bien certain *qu'ils ne perdent* ; car il n'y a qu'un instant que j'aurois pu mettre un bien grand prix à votre reconnoissance.

Le bon médecin Flamand (1) qui par une étrange destinée, jouoit avec fureur tandis qu'il censuroit le jeu, avoit du moins horreur des blasphêmes. Pour moi, disoit-il un jour au plus fort de ses disgraces, je ne conçois pas qu'un homme, quelque malheureux qu'il soit, puisse s'oublier jusqu'au point de jurer. C'est que vous ne savez pas, lui répondit un autre joueur, combien cela soulage.

Toujours préoccupés, les joueurs sont sujets à des absences ridicules ; plusieurs oublient qu'ils sont époux et pères. On parloit d'une taxe projetée contre les célibataires : Je suis ruiné, s'écria un homme absorbé par l'idée du jeu. Y songez-vous, lui répliqua-t-on ? vous avez femme et cinq enfans.

---

(1) Pascharius Justus.

Une dévote s'accusoit d'aimer trop le jeu. Ah! madame, lui dit son directeur, que de tems perdu à mêler les cartes! Que la partie étoit belle, disoit un autre; que le jeu alloit bien certain soir à dix heures du matin!

Hors du jeu, ils ne s'entretiennent que de coups extraordinaires, que de grandes révolutions, et se passionnent d'autant plus, qu'ils croient deviner le secret de la fortune, à mesure qu'ils en racontent les caprices. Quand ils ont des succès, ils en jouissent ailleurs : chez eux, ils n'y rapportent que de la consternation.

Tant qu'ils prospèrent, on les accueille; ruinés, on les consigne. Leurs disgraces ne corrigent personne; les cercles n'en sont pas moins nombreux. Donner une fête, ce n'est plus que donner à jouer. Sans Trente-un, point de plaisirs, ou l'on déserte aussitôt.

Un ex-abbé plus curieux d'un bon repas que de grandes révolutions au Trente-un, faisoit sonner quelques écus autour de la table. Ses grandes démonstrations sembloient annoncer une perte considérable. La dame de la maison ne manqua pas d'inviter à dîner un ponte qui paroissoit en faire les frais à lui seul. Elle le place à son côté : Vous avez joué d'uu bien grand malheur ; en êtes-vous quitte pour cent louis ? Moins dix, répondit-il effrontément. — Vous vous referez. Aimez-vous le Champagne ? — Ma cave en est pleine : c'est ma folie. — Comment trouvez-vous mon cuisinier ? — Si excellent, que je déclare la guerre à tous les plats : j'ai de plus mes poches pleines pour prouver au mien qu'il n'est qu'un sot, un ignorant en comparaison du vôtre. — Bon, vous reviendrez? — Je ne vous quitte plus. — *Refait* (c'étoit le nom du monsieur de la chambre), vous marquerez tous les jours cette place. Mes amis perdent rarement chez moi deux séances de suite ; vous permettrez que je suive votre jeu. Notre homme jouoit le *minimum* un seul coup à masse égale après cinq ; mais en revanche il buvoit et mangeoit comme dix ; aussi fut-il bientôt consigné.

Un gascon à qui le Trente-un n'avoit pas laissé un seul petit écu, tenta tous les moyens de se procurer une existence. Il voit dans ses courses une maison de jeu bien déserte, et s'adresse à la dame qui en faisoit les honneurs : Sandis, madame, vous été bellé comme un archangé, et lés amaturs vous délaissent. Abez-vous écélent cuisinier ? — Parfait. — En cé cas faité moi un pétit sort, et bientôt vous croirez être en pleiné Gascogné.

En effet ses promesses s'effectuèrent; mais tous ces messieurs de Pézénas sur-tout, opéroient beaucoup mieux à table qu'au Trente-un. Elle en fut pour ses frais.

L'abbé de Pouponville, à la cour d'Henri IV, ne fut jamais plus célèbre au tribunal des Grâces, que ne l'est aujourd'hui dans les cercles du Jardin Egalité, le docteur D***. Ce savant tient vraiment du prodige; car sans le secours des mathématiques, il devine au Trente-un, au moins *un coup sur dix*. Bernouilli, Moivre et d'Alembert n'étoient que des ignares auprès de ce grand personnage : aussi est-il l'enfant gâté de nos divinités modernes. S'il ne paroît pas aux premières séances d'une partie naissante, on doute aussitôt du succès. Le nommer ici seroit blesser sa délicatesse et son amour-propre. Les tableaux de Raphaël, Rubens et Wouvermans, ne se reconnoissent-ils pas au pinceau ?

O fortunate puer !...., *en perruque à trois circonstances.*

Aveu d'une jolie femme.

Le jeu, et le Trente-un sur-tout, fait faire au beau sexe plus d'un faux pas à Cythère. Adel..... étoit vertueuse et belle; ses talens la rendoient encore bien plus intéressante. Une amie la présente dans un cercle soi-disant honnête. Elle y hasarde quelques louis. Ses essais sont des coups de maître. Elle y prend goût : c'est l'usage. Livres, crayons, musique, tout est délaissé ; le fatal Trente-un s'empare de tous ses momens. Fortune, crédit et honneur s'évanouissent. On lui reproche, en secret, ses intimités avec un être...... Ah quel être! J'en conviens, dit-elle, malheureuse que je suis! Dans mon désespoir, dans ma rage et mon ivresse, j'eusse.... causé.... avec le diable.

LA PASSION DU JEU.

Ode de Ximenès.

Perfide et bizarre Déesse,
Dont les faveurs ou les mépris
Répandent une égale ivresse
Sur tes coupables favoris!
Verrai-je toujours à ta suite
Une troupe errante et séduite,
Mendier en vain tes bienfaits?
Puissé-je voir crouler ton temple,
Où mon œil indigné contemple
Tous les malheureux que tu fais!

Quel est le nouveau sacrifice
Qui se prépare à tes autels?
Tu triomphes: c'est l'Avarice
Qui reçoit les vœux des mortels.
Plus de rangs, de sexe, de titre:
Ils ne veulent point d'autre arbitre
Qu'un cube autour d'eux agité;
Et ces forcenés, dans leur rage,
Semblent poursuivre encor l'image
De l'éternelle égalité.

Quel subit et profond silence!
Des monceaux d'or sont entassés.
Le signal se donne: on commence;
Des monceaux d'or sont dispersés.
L'Inquiétude, au teint livide,
A l'œil louche, au regard avide,
Se peint sur leur front pâlissant.
Beintôt le Désespoir farouche,
L'écume et le fiel à la bouche,
Vomit l'écume en rugissant.

Ministres d'un culte frivole,
Par l'aveugle intérêt guidés!
Vous prodiguez à votre idole
Ces biens que vous lui demandez.
Ainsi vos trésors disparoissent.
L'erreur s'enfuit; ses charmes cessent;
Elle a déchiré son bandeau:
La misère seule vous reste;
Et la vérité, plus funeste,
Vous présente alors son flambeau.

Malheureux! qu'allez-vous répondre
Aux plaintes d'une épouse en pleurs?
Son aspect seul doit vous confondre.
Sa tendresse fait ses malheurs.
Elle déteste la journée
Où l'Amour, guidant l'Hymenée,

Grava vos sermens dans les cieux.
Déshérités avant de naître,
Vos enfans ne recevront l'être
Que comme un bienfait odieux.

Quelle sera votre ressource,
Dans l'opprobre et dans le mépris!
Vos jours, au milieu de leur course,
Languissent perdus et flétris,
L'honneur vous ouvre une carrière:
Mais pour en fermer la barrière
Un monstre s'attache à vos pas;
Et compagne de l'indigence,
La honte étouffe l'espérance,
Qui même ne vous reste pas.

ANALYSE DU TRENTE-UN,

Le seul dans les jeux de hasard qui présente le plus d'égalité.

Une banque de Trente-un offre une chance égale ; le seul avantage du banquier est le Trente-un de refait, qui sert à payer les frais. Elle ne présente aucune apparence de mauvaise foi. Ces maisons sont sous l'œil du gouvernement, qui a bien senti qu'il ne pouvoit extirper du cœur de l'homme une passion qui n'est nuisible qu'à celui qui en est atteint, mais qui ne rompt point l'harmonie d'une police bien établie. Rien ne seroit plus dangereux que des sociétés de joueurs qui se formeroient sans son aveu, et c'est dans ces sociétés que se glisseroit, comme dit le citoyen Mercier, l'obscure friponnerie, pour égorger ses victimes dans de sombres repaires.

Le jeu de cartes entier donne 240 points, et le sizain 2040 ; les 2040 points donnent

30 coups, qui forment une taille, y compris les refaits. Les 30 coups donnent 1 milliard 73 millions 741 mille 824 chances. Exemple : 2 coups donnent 4 chances par noire et rouge, 3 en donnent 8 ; 4, 16 ; 5, 32 ; multipliez jusqu'à 30, vous trouverez ce nombre. Il fournit à l'imagination les grands moyens de se développer, et laisse toujours au joueur maltraité l'espoir flatteur de se venger le lendemain par une nouvelle combinaison qu'il croit infaillible ; et ce très-grand nombre de chances ne donne chaque coup de la taille que deux manières de jouer, rouge ou noire, perdante ou gagnante.

Les joueurs à la gagnante désirent des séries, ceux à la perdante des intermittences, coups de 2, 3 ; et l'on ne sait qu'après la taille si l'on a bien ou mal choisi : le banquier ne peut plaire aux deux.

Toutes les chances sont parfaitement égales, et pour vous en convaincre, procurez-vous une masse de tailles quelconque de 20 ou 30 mille, qui ne sont presque rien sur ce nombre immense de chances ; divisez-les par 100, vous trouverez 1200 coups d'un, 600 coups de 2, 300 coups de 3, 150 coups de 4, 75 coups de 5; les coups de 2, 3, 4 et plus sont coups d'un; tôt ou tard vous trouverez l'équilibre.

Vous trouverez alors autant de coups d'un que de coups de 2, 3, 4 et plus, autant de coups de 2 que de coups de 3, 4, 5 et plus; autant de coups de 3 que de coups de 4, 5, 6 et plus; autant de coups de 4 que de coups de 5, 6, 7 et plus, etc. etc.

Les coups de 2 donnent tous les 4 coups, les coups de 3 tous les 8, les coups de 4 tous les 16, les coups de 5 tous les 32, les coups de 6 tous les 64, les coups de 7 tous les 128, les coups de 8 tous les 256, les coups de 9 tous les 512, les coups de 10 tous les 1024, etc.

De sorte que si vous jouez une martingale à 2 coups, on vous pariera toujours 3 contre un pour ou contre chaque coup que vous attaquerez, que vous sauterez ou que vous ne sauterez pas, abstraction faite de l'évènement du Trente-un à 3 coups, 7 contre un; à 4, 15 contre un; à 10, 1023 contre un.

On est donc bien fou de se flatter sur le succès d'une longue martingale, puisqu'elle n'a nul avantage sur celle à deux coups, et celle cette dernière pas plus que de jouer à masse égale ; de sorte que le martingaleur à dix coups, ne se doute nullement que l'égalité des chances le fait toujours jouer à masse égale ; et au lieu de payer les 31 en détail, il les paye en gros lorsque sa chance arrive, et bien plus cher que s'il eût joué à masse égale ; car à 10 coups on peut sauter au premier coup d'attaque, plusieurs fois même dans une séance, puisque le hasard ne connoît nul calcul ni combinaison en détail, et que nul n'est en état de résister à ses caprices ; car pour balancer l'évènement de plusieurs sauts à 10 coups, il faudroit souvent bien du tems et bien des capitaux pour y atteindre, et bien fou qui s'y expose.

Chacun attaque ce jeu sans consulter ses facultés, sans être bien pénétré qu'il ne peut y gagner, et que l'égalité des chances et les refaits de 31 s'y opposent impérieusement ; aussi compte-t-on à peine un heureux sur mille malheureux.

Les frais immenses de chaque jour aux dépens des pontes seulement, sont autant d'argumens irrésistibles.

Puisque légalité des chances, la marche irrégulière de ce jeu, plus encore les refaits de 31 ne permettent pas d'y gagner, pourquoi jouer une martingale à 10 coups qui équivaut une à 3, 2, et même à masse égale? elle ne sert qu'à ruiner plus promptement; car lorsque le 31 frappe sur votre coup de 512, il vous en enlève impérieusement moitié, que vous ne pouvez jamais recouvrir, puisqu'il n'entre pour rien dans l'égalité des chances.

Hazon conseilloit à ses amis de ne jouer tout simplement que 1, 3, 7, à la gagnante ou à la perdante, les prévenant que s'ils se lançoient au coup de 15 ils succomberoient. Comme banquier il se réservoit encore une poire pour la soif, puisque martingalant à telle hauteur que ce soit, on finit toujours, après un laps de tems, par avoir joué à masse égale. Le refait de 31 portant sur 7, assure au banquier 3 $\frac{1}{2}$, tandis que jouant à masse égale, on n'en perd que moitié, et que ce 31 arrivant tous les 33 coups (1), donne un gain de 3 pour cent, calculé en raison de la mise.

---

(1) D'Alembert le porte à 38.

Plusieurs tailles de suite n'en donnent quelquefois aucun, comme une seule en donne 3 et plus.

Au premier, la masse est mise en prison et perd moitié, que la victime est libre de retirer ; au second, elle est mise au cachot et se trouve réduite au quart ; au troisième, elle est aux fers et ne vaut plus qu'un huitième : il faut gagner 3 coups de suite pour la retirer saine et sauve, et 4 fois pour être payé ; 15 contre un à parier qu'elle est perdue pour le ponte.

Cette espiéglerie des banquiers devroit être plus que suffisante pour y faire renoncer à jamais.

Dans les premiers tems que ce jeu fut en vogue, il y avoit peu de maisons ; les mêmes capitalistes y faisoient les fonds, la perte journalière ne les effrayoit jamais ; ils savoient bien que ce n'étoit qu'un prêt à gros intérêt et à court terme : mais les employés étoient tenus à savoir apprécier chaque séance le produit des 31 comme gain, qui ne pouvoit leur échapper tôt ou tard, ce qui les détermina à ne régler le résultat des banques que tous les trente jours.

Ce bénéfice est si certain, que l'on a établi des permanences de midi à minuit, pour que ces aimables Trente-un, *les amis de la maison*, produisent davantage : bientôt les séances sans doute seront sans nulle interruption; car de minuit à midi les gains doubleroient encore, et les fermiers de ces jeux atteindroient bien plus promptement aux richesses de Lucullus.

Quoiqu'il en soit, la passion pour ce jeu est une maladie épidémique, qui ne cesse pour chacun qu'avec les facultés. Nul employé n'est aussi exact à son bureau, que ne l'est le ponte au Trente-un, pour s'assurer une place au premier rang, piquer la carte sur laquelle il fait mille combinaisons pour le lendemain, sans aller au vrai but, sans consulter la raison, sans se bien pénétrer que toutes les chances sont égales, que le passé est indépendant de l'avenir, et que l'œil sur 20, 30 mille tailles ne peut rien sur une masse énorme de chances toujours nouvelles.

C'est un vrai délire de croire aux probabilités, aux marches de tailles, à telle, ou telle chance, dont la rencontre nécessite de très-grands sacrifices, que nulle fortune ne peut atteindre. Le hasard a ses caprices; toutes les chances arrivent, mais irrégulièrement, et l'on ne doit y croire qu'en masse, dans un très-grand cadre multiplié à l'infini.

Lorsqu'un jeu de hasard est, par sa nature, parfaitement égal, le joueur n'a nulle raison pour se déterminer à tel ou tel parti. La logique des joueurs m'a paru tout-à-fait vicieuse, et même les bons esprits qui se permettent de jouer, tombent, en qualité de joueurs, dans des absurdités dont ils rougissent bientôt en qualité d'hommes raisonnables.

Une banque avec de la constance, du jeu, et une bonne administration ne perd jamais; puisqu'il n'existe aucune marche, ni aucune manière pour gagner avec certitude, ou même pour faire disparoître la moindre portion de l'avantage du banquier. A la longue tous les événemens se balancent, et le banquier ayant plus de chances en sa faveur que le ponte, doit gagner nécessairement.

Si un joueur a été assez heureux pour faire en une seule fois un gain considérable, il le rendra en détail : pareillement ce qu'il aura gagné en détail par le moyen d'une martingale, il le reperdra en gros ; attendu que de quelque nombre de coups que cette martingale soit composée, elle doit sauter dans une portion égale à ce qu'elle peut rapporter à cause de l'égalité des chances.

Si un joueur a eu la chance de doubler ou tripler sa martingale sans sauter, il ne faut pas s'imaginer que sa méthode vaille mieux pour cela. Ce n'est positivement que la même mesure de bonheur que celle de gagner un *paroli*, un *sept* et le *va*.

Toutes les progressions reviennent au même, et celle qui augmente le plus n'est autre chose qu'un plus gros jeu. Celui qui croit ne jouer qu'à un louis, parce que le premier coup de sa martingale commence par là, en joue véritablement bien davantage; car si elle est de six coups, et qu'elle monte à 120 louis, chaque coup, divisé par six, revient à vingt : il perd autant d'une façon que de l'autre.

Ce que je viens de dire n'exclut pas la possibilité de gagner momentanément, parce que dans un petit nombre de coups, l'avantage du Banquier est peu de chose ; mais à la longue on doit finir par payer le plaisir qu'on a voulu prendre.

Combinaison des points de 30 à 40.

On observe que des dix points de 31 à 40, les uns arrivent plus facilement que les autres; par exemple, celui de 40 ne peut se faire que quand la dernière carte est un dix ou une figure.

Celui de	39	se fait par	10 et	9								
	38		10	9	8							
	37		10	9	8	7						
	36		10	9	8	7	6					
	35		10	9	8	7	6	5				
	34		10	9	8	7	6	5	4			
	33		10	9	8	7	6	5	4	3		
	32		10	9	8	7	6	5	4	3	2	
	31		10	9	8	7	6	5	4	3	2	1

Comme il est constant que les effets se reproduisent en raison du nombre de leurs causes, on peut établir que le point de 31 arrivera 13 fois, tandis que celui de 32 n'arrivera que douze fois; celui de 33, 11. — 34, 10. — 35, 9. — 36, 8. — 37, 7. — 38, 6. — 39, 5. — 40, 4. Comme il faut le concours de deux de ces points pour former un coup, et que le nombre proportionnel ci-dessus se monte à 85, le quarré de cette somme est la quantité où tous les différens évènemens doivent se reproduire en raison du nombre des causes qui leur appartiennent. Ainsi, dans 7,225 coups, 31 et 31 doivent arriver en 169 fois. Dans 7,225 coups, il y a 805 refaits, cela revient à un dans 8 ou 9 coups, ou environ 7 dans 2 tailles. Il suit de là que le refait de 31 doit arriver dans 42 ou 43 coups, en comprenant toutefois dans ces coups les autres refaits qui sont nuls; car en les déduisant, on trouvera que le refait de 31 doit arriver tous les 38 coups décisifs. Celui de 32 dans 50. — 33 dans 49. — 34 dans 72. — 35 dans 89. — 36 dans 112. — 37 dans 147. — 38 dans 200. — 39 dans 289. — et celui de 40 dans 452 coups.

Voici les proportions de ce que le banquier pourroit donner ou recevoir, par composition ou arrangement sur la connoissance du premier point.

Si le ponte étant sur la couleur noire, il arrive le point de 31, le banquier doit lui donner 18 livres 10 sols par louis. Remarquez que sans l'avantage du refait de 31, il faudroit pour l'égalité que dans ce cas le banquier donnât 20 liv. 7 sols.

S'il arrive le point de 32, le banquier doit donner au ponte 13 liv. 9 sols par louis. — Sur le point de 33, 6 liv. 16 sols; — et sur le point de 34, 17 sols.

S'il arrive le point de 35, le ponte au contraire doit donner au banquier 4 liv. 10 sols. — 36, 9 liv. 7 sols. — 37, 13 liv. 12 sols. — 38, 17 liv. 5 sols. — 39, 20 liv. 7. sols. — 40, 22 liv. 18 sols.

Martingale.

C'est jouer tout ce que l'on a perdu, et le moyen le plus prompt pour se ruiner. C'est s'assujétir à une règle quelconque, dont le sort est soumis au hasard. Il vaut bien mieux se rendre maître de ses volontés pour en tirer avantage lorsque la fortune nous rit, et ne pas exposer plus qu'on ne peut gagner. La marche la plus naturelle est de diminuer son jeu en perte, et l'augmenter en gain. La plupart des pontes agissent dans le sens inverse, beaucoup d'énergie en perte, et une très-grande timidité en gain : 1, 2, 4, 8, etc. sont leur grand champ de bataille ; ils exposent 1,023 masses pour en gagner une ; c'est une foiblesse humaine dont on ne se corrigera jamais, quoiqu'elle donne au banquier un avantage bien plus considérable encore que le refait de 31.

Le martingaleur rend en un jour ce qu'il a gagné en trente. Après s'être bien captivé, il n'est pas plus avancé que s'il eût joué à masse égale.

Une martingale à dix coups peut sauter deux et trois fois dans une séance. Quel seroit le ponte assez riche, ou plutôt assez courageux, pour soutenir plusieurs assauts semblables, sur l'espoir d'atteindre à son équilibre à force d'or et de persévérance ? Vingt années d'expériences ne suffisent pas encore pour en désabuser.

Les pertes et gains sont proportionnés au nombre de masses que l'on expose ; les progressions les plus en usage sont :

1,	2,	4,	8,	16.
1,	3,	7,	15,	31.
1,	4,	11,	26,	57.
1,	3,	12,	32,	90.
1,	3,	9,	27,	81.
1,	2,	5,	11,	23.

Si l'on saute avant d'être couvert, on se félicite d'avoir fait choix de la plus foible.

Si la chance est tardive, on regrette de n'avoir pas joué la plus chère. Voilà toute la différence.

D'autres jouent 1, 3, 7—11 masses, puis une seconde quadruplée.
4, 12, 28—44 masses pour racheter 11, total des deux 55,
Puis 20, 60, 140—220 pour racheter 55.

A cette conduite on ne résiste pas long-tems.

Cinq coups joués de suite présentent encore plus de sécurité que deux progressions à trois coups, dont la seconde nécessite trois coups de gain, pour être couvert de la première ; et ces cinq coups sont à-peu-près les mêmes frais, 1, 3, 7, 15, 31. — 57 masses. De toute manière tout y reste.

J'en appelle à tous les amateurs de la rouge et de la noire, dont le nombre des heureux se distingue à peine avec le microscope.

Miseris succurrere disco. (Virg.)

Renoncez pour toujours à la marche fatale
D'une trop périlleuse et longue martingale ;
Pour faire un petit gain, vous risquez beaucoup trop ;
Si l'argent vient au pas, l'or s'enfuit au galop.

N. B. La plupart des joueurs aux petits écus dirigent mal leurs longues martingales, et s'exposent à des erreurs, tandis que 12 liv. de plus ne sont presque rien sur une forte somme, et produisent à la longue un très-gros intérêt. Exemples :

1		3 l.	gain 3 l.		3 l.	gain 3 l.	1 louis.	1
2		9	6		9	6	2	3
3		21	9		21	9	4	7
4	1 louis.	21	12	1 louis.	21	12	8	15
5	3	21	15	3	21	15	16	31
6	7	21	18	7	21	18	32	63
7	15	21	21	16		24	64	127
8	31	21	24	32			128	255
9	63	21	27	64			256	511
10	127	21	30	128			512	1023
	254 louis.	12 l.		255 louis.			1023	2036

Les Séries.

Une série est une chance déterminée qui se répète plusieurs fois, et forme une marche de taille ; il en est une infinité, série droite, série intermittente, série de coups de 2, 3, 4, et série de 1 et 2, de 1 et 3, 1, 1, 2, etc. Toutes jouées en martingales ou progressions quelconques seront toujours le tombeau des pontes ; nul ne sait s'y arrêter ; plus on perd de coups, plus la confiance augmente ; quoiqu'il n'y ait pas plus de probabilités au 20e. coup qu'au premier. Si le joueur à la gagnante se trouve sur les premiers coups, il lui tarde de jouer contre, de rendre tout le gain qu'elle lui a produit, tout ce qu'il a sur lui, et tout ce qu'il peut emprunter ; sans réfléchir qu'en y restant constamment il n'eût perdu qu'un seul coup, qu'une portion même du gain qu'il y a fait, et qu'en jouant contre, il y expose toute sa fortune, telle grande qu'elle soit, puisqu'il est nombre d'exemples de séries droites ou intermittentes portées à 18, 20, et 22 coups. Combien de fortunes ont été anéanties par cette chance infernale ! Pourquoi ne pas prendre une ferme résolution de ne jouer contre, que trois coups au plus, comme d'y rester en gain jusqu'à extinction?

Outre l'avantage immense du banquier par le refait du Trente-un, il a encore son impassibilité, la défiance et la timidité du ponte qui l'empêche de suivre une série avec la même énergie en gain, qu'il la suit ordinairement en perte.

La perdante à masse égale, ou 1, 3.

J'ai démontré dans l'analayse de ce jeu l'égalité des chances sous tous les rapports, et puisque les tailles donnent autant de rouges que de noires, de coups de 1 que de coups de 2, de coups de 2 que de coups de 3, etc., les probabilités sont donc pour la perdante.

Si toutes les combinaisons, tous les calculs sont les mêmes, on est bien fou d'exposer de gros capitaux à de longues martingales, qui ne peuvent avoir à la longue plus de succès qu'a masse égale; c'est, au contraire, livrer des sommes considérables sous la férule du Trente-un, dont la perte ne se rétablit jamais.

On dira que ce jeu ne présente nulle manière avantageuse pour être jouée à masse égale; mais en présente-t-il une susceptible d'être jouée en progression ? Non, certes, et d'un mal on doit en éviter un plus grand.

Les coups de 1, 2 et 3 sont les plus fréquens : mettez en rivalité les coups de 1 contre les coups de 2, ou les coups de 2 contre les coups de 3 ; c'est-à-dire, pariez que dans une taille ou une séance, il y aura plus de coups de 1 que de coups de 2 ; plus on s'éloigne du coup d'un, plus la marche est lente et économique en perte comme en gain.

Si votre chance vous tient rigueur, combattez-la ; si elle vous favorise, battez-vous en retraite pour éviter l'équilibre. Cette marche est bien moins dangereuse que de se fixer à l'un des deux tableaux rouge ou noir, dont la balance nécessite souvent une longue suite de séances.

On peut jouer à masse égale à toute hauteur, à un louis comme à dix, et y satisfaire son ambition plus promptement qu'en martingale, sans trop s'exposer; car, mettez-vous seulement à la hauteur d'une martingale à 4 coups, 1, 2, 4, 8 quinze masses, vous les perdrez bien rarement à masse égale dans une séance.

Les petits pontes se cramponnent ordinairement toute une séance autour d'une table, pour y jouer une martingale de patience aux petits écus ; ils exposent quinze louis pour en gagner un ou deux au plus, ils subissent une foule de 31 qui les minent, sautent nombre de fois, se rachètent, et flottent sans cesse entre la perte et le gain, finissent par y tout laisser ; c'est l'usage, et cela doit être. Si avec leurs quinze louis ils jouoient à l'or à masse égale, ils satisferoient bien plus promptement leur ambition, et auroient en malheur, suffisamment de quoi combattre, pour parvenir à l'équilibre ; car dès que l'on a barre sur la banque, on ne doit plus s'exposer à rencontrer l'égalité.

Les chances, (quoiqu'on en doute) sont absolument les mêmes à la couleur qu'aux tableaux; c'est méconnoître ce jeu que d'en douter. Dans le sizain de cartes, n'y a-t-il pas autant de rouges que de noires? Parcourez

3000

3000 tailles, vous aurez bien certainement les mêmes données.

Jouer 1, 3, la perdante après le coup d'un, c'est jouer contre les coups de 3. Après 2, 3, 4 ou plus, on trouve l'égalité de toute manière; ainsi masse égale, ou 1, 3, voilà le cadre dans lequel un sage doit figurer pour risquer peu et n'en faire qu'un simple amusement.

La perte est déjà infiniment plus grande que le gain ; ainsi le pacte du jeu est un contrat vicieux qui tend à la ruine des contractans. Les sensations de la perte au gain sont à une très-grande distance l'une de l'autre.

La Gagnante.

Elle se joue de plusieurs manières, et toutes ont les mêmes résulats. La plus en usage en martingale est 1, 3, 7, onze masses; sur les coups de 1 pour jouer tous les coups de la taille. Deux intermittences détachées en forment 4, et font sauter. Trois sauts en deux tailles donnent la balance, c'est-à-dire ni perte, ni gain. On joue l'intermittence lorsqu'elle est prononcée par trois coups de 1 détachés, afin de jouir des séries, et l'on reprend la gagnante sur le coup de 2. Lorsqu'on a sauté de onze masses on quadruple une seconde progression pour que trois coups de gain rachètent la première; mais c'est exposer quarante-quatre masses pour racheter 11 : les deux coûtent 55, et mettent prodigieusement à découvert sans qu'il en résulte plus d'avantage, et puisqu'on retrouve de toute manière l'égalité, autant vaut-il toujours continuer 1, 3, 7, et quitter le jeu dès que l'on a acquis un certain bénéfice, ou que l'on a perdu ce qu'on a sacrifié d'avance.

La gagnante sur la première intermittence, et s'arrêter sur la seconde pour n'y jouer qu'un seul coup pour les parolis; il faut pour gagner, rencontrer deux parolis de suite. Une taille étant composee de six coups de 1 détachés, et de six coups de 2, 3 ou plus, il y a égalité; et toujours le 31 en perte pour payer les frais.

La gagnante sur la seconde intermittence, et s'arrêter sur la troisième, pour ne jouer aussi qu'un seul coup. C'est jouer pour le paroli au tableau qui vient de le faire, et contre la quatrième intermittence.

La gagnante à un seul tableau lorsqu'il donne, et qu'il est précédé d'un paroli au côté opposé afin d'éviter les séries d'intermittences, deux coups de 2, 3, 4 ou plus de suite à rouge et noire donnent le paroli.

La gagnante sur les coups de 1 aux deux tableaux, et prendre l'intermittence après trois détachées, masse égale en perte pour épuiser le malheur, et vigueur en gain. Si les tailles sont en séries, on double, triple, quadruple ses masses ; on cherche des parolis masse en avant, 7, 15, 30, 60 et le *va*; il ne faut pas moins d'un coup de 4 pour le 7 et le *va* seulement; on gagne beaucoup plus que l'on expose; mais aussi, si les tailles sont brisées, on consomme autant de masses qu'il y a de coups à la taille. Cette marche n'est usitée que par ceux qui ne veulent jouer qu'un instant pour brûler une somme quelconque : à continuer, on y laisseroit bientôt tout son avoir.

A tous jeux de hasard la banque a l'avantage ;
On doit donc lorsqu'on perd, être prudent et sage ;
Pour fixer la fortune, il n'est qu'un seul moyen,
Risquer peu dans la perte, oser tout dans le gain.

La Gagnante à un seul tableau.

Rouge, noire, couleur, ou inverse. Le choix est indifférent, quoique la rouge semble mériter quelque préférence, parce que le refait de Trente-un y est moins sensible ; car dès qu'il est annoncé à noire, on le desire à rouge. Le point de 32 à noire et 31 à rouge, 32, 32 après, ainsi que celui de 40 procure encore des sensations agréables aux partisans de la rouge qui à la longue influe moins sur la santé que la noire qui exprime le deuil, et la rouge la gaieté. Les femmes amateurs du Trente-un conserveroient plus long-tems leur fraîcheur, si elles ne se vouoient qu'à la rouge.

Au début de la taille, jouez deux coups seulement en perte sur la rouge, arrêtez-vous sur deux noires ; une longue série au côté opposé ne vous coûte que deux masses ; si elle est en votre faveur sur-tout l'attaquant en gain, vous en tirez un grand parti. Huit intermittences ne vous coûtent que quatre masses ; si elles sont interrompues à votre tableau, elles sont rachetées par le coup de 3. Ne jouez la rouge que lorsqu'elle donne toujours à simple masse et *paroli* tant que vous perdez pour épuiser sagement le malheur ; et dès que vous êtes en gain, doublez, quadruplez votre jeu, faites des *parolis* masses en avant, 7 et le *va* ; augmentez chaque coup de gain vos masses d'une portion que vous paye le banquier, regardez ce que vous laissez au tableau comme perdu, n'abandonnez en aucun cas la série ; étant bien conduite, elle vous récupère bientôt et au-delà des pertes précédentes. Ne visez d'abord qu'à vous défendre en vous mettant moins à découvert possible.

Si en perte on se laisse séduire par le produit des 7, 15 et le *va*, on échoue promptement ; le malheur nécessite de la patience : pour éviter de l'accroître, tôt ou tard l'équilibre se rétablit, et une série bien jouée lorsqu'on est en gain, en dédommage avec usure.

Toutes les marches sont les mêmes, l'essentiel est de savoir bien conduire son argent en perte comme en gain.

On trouve à cette marche l'égalité des chances comme à toutes les autres ; en perte on la combat, et en gain on se retire à volonté ; c'est le seul avantage du ponte sur le banquier qui, quoiqu'en très-grand malheur, est obligé de finir la taille, à moins qu'il ne lui reste plus un écu.

La taille la plus malheureuse ne coûte pas au-delà de douze masses, le même tableau n'est pas toujours sevère, il y a des intermittences de la perte au gain ; une taille heureuse rachète la perte de plusieurs, et l'on perd bien rarement dans une séance de dix tailles cinquante masses, cinq de perte l'une dans l'autre, qu'une série de six seulement rachète et au-delà.

Avec deux cents masses, un beau calme, une tactique sévère et de la constance, on peut combattre le malheur avec quelqu'avantage, ou faire un bien plus mauvais choix.

Jouant en progression masse et paroli, quinze

coups coûteroient cinq cens masses; on peut échouer en moins de deux tailles, et en suivant cette marche, il faudroit que la rouge fût sévère plus de cent tailles de suite pour faire une perte à cette hauteur.

On doit avoir pour maxime générale à toutes espèces de jeux de ne jamais exposer plus qu'on ne peut gagner; c'est la clef de tous les calculs soumis au hasard...... *Experto crede Roberto.*

Martingale au Paroli.

Plus elles sont vives en gain, moins il faut de taille pour se couvrir. Il vaut mieux s'associer plusieurs, que de faire une progression foible en gain qui ne peut être en ce cas qu'à l'avantage du banquier, puisqu'elle nécessite plus de latitude pour se couvrir. Prenez le terme moyen de celle-ci à dix masses de gain, et deux *parolis* par taille, vingt masses; vingt-cinq tailles à vingt masses de gain, cinq cents.

Il faut que le gain soit progressif chaque coup que l'on joue.

Les martingales aux *parolis* n'ont nuls avantages sur celles aux coups simples 1, 3, 7, elles donnent le double de coups ; mais il faut en gagner deux de suite, et celles au-dessus de dix conduisent droit à l'hôpital.

Masse.	Dépense.	Produit.	Gain.	Masse.	Dépense.	Produit.	Gain.
1	1	1	4	3	1	1	1	4	3
2	2	3	8	5	2	1	2	4	2
3	3	6	12	6	3	2	4	8	4
4	4	10	16	6	4	3	7	12	5
5	6	16	24	8	5	4	11	16	5
6	8	24	32	8	6	5	16	20	4
7	12	36	48	12	7	7	23	28	5
8	16	52	64	12	8	9	32	36	4
9	22	74	88	14	9	12	44	48	4
10	30	104	120	16	10	16	60	64	4
11	40	144	160	16	11	22	82	88	6
12	54	198	216	18	12	29	111	116	5
13	72	270	288	18	13	39	150	156	6
14	98	368	392	24	14	52	202	208	6
15	132	500	528	28	15	70	272	280	8

500 masses ou louis. — 272 masses.

Martingale au Paroli, *masse en avant* 7 *et le* Va.

Cette marche est en usage pour brûler une somme quelconque en cherchant un coup de 4 sur la gagnante ; mais comme il ne doit arriver que tous les seize coups, que plusieurs tailles de suite n'en donnent souvent aucun, on s'expose à une perte bien rapide ; car vingt-quatre coups suffisent à peine pour une taille, et on est bientôt déjoué. D'ailleurs si l'on débute par perdre, pourquoi prétendre se racheter si promptement? ne peut on pas rencontrer aussi plusieurs coups de 4 de suite? Les coups de 5, 6, sont souvent bien rares, on ne doit les chercher qu'en gain et jamais en perte. Deux masses produisent 12, on peut se donner une belle latitude avec peu d'ambition. Ces tableaux ne servent uniquement que pour en faire connoître le danger, et prouver que les plus courtes folies sont les moins mauvaises.

Martingale au paroli 7 et le va.

Masse.	Dépense.	Produit.	Gain.	
1	1 l.	1	8	7
2	1	2		6
3	1	3		5
4	1	4		4
5	2	6	16	10
6	2	8		8
7	2	10		6
8	2	12		4
9	4	16	32	16
10	4	20		12
11	4	24		8
12	4	28		4
13	8	36	64	28
14	8	44		20
15	8	52		12
16	8	60		4
17	16	76	128	52
18	16	92		36
19	16	108		20
20	16	124		4
21	32	156	256	100
22	32	188		68
23	32	220		36
24	32	252		4

252 louis.

Au paroli masse en avant 7 et le va.

Masse.	Dépense.	Produit.	Gain.	
1	1 l.	1		
2	1	2	12	10
3	1	3		9
4	1	4		8
5	2	6	16	10
6	2	8	24	16
7	2	10		14
8	2	12		12
9	4	16	32	16
10	4	20	48	28
11	4	24		24
12	4	28		20
13	8	36	64	28
14	8	44	96	52
15	8	52		44
16	8	60		36
17	16	76	128	52
18	16	92	192	100
19	16	108		84
20	16	124		68
21	32	156	256	100
22	32	188	384	196
23	32	220		164
24	32	252		132

252 louis ou masses.

Progression croissante en perte, et décroissante en gain.

On l'emploie à mettre deux chances en rivalité l'une contre l'autre, c'est-à-dire parier qu'il y aura en une ou plusieurs séances, autant de rouges que de noires, autant de coups de 1 que de coups de 2, ou de coups de 2 que de coups de 3. Plus on s'éloigne du coup de 1, plus la marche est lente en perte comme en gain; mais le choix est absolument indifférent, puisque toutes les chances finissent toujours par donner les mêmes résultats : celle sur laquelle repose plus de sécurité, et la plus naturelle à tous les jeux de hasard est un seul coup la perdante après le coup de 2 contre les coups de 3; elle n'est ni vive ni lente; plus loin on se prive des coups les plus fréquens, et l'attente est plus pénible que l'exécution.

Cette marche, pour être jouée avec quelque sécurité, nécessite cent coups commencés à 3 livres, et progression de 3 liv. coûte 15,150 liv. Les gains consistent en premiers coups lorsqu'on joue en majorité, ballottages de 1 liv. 10 sols par coup en perte comme en gain, et le partage des 31 pour jouer la masse suivante. On doit convenir que ce capital est effrayant pour des gains si médiocres ; car le partage du Trente-un est une illusion, puisqu'il donne par l'égalité des chances la minorité, et que porté au vingt-quatrième coup, évènement très-ordinaire à 72 liv. de masse, 36 liv. que le banquier prend, vous enlèvent le fruit de vingt-quatre ballottages.

Pour que le partage des Trente-un soit gain, il faut avoir acquis non seulement l'équilibre des chances ; mais encore une majorité égale au nombre de 31 qu'on a subi.

On éprouve assez souvent en majorité comme en minorité des données si constantes, que l'équilibre ne se rétablit qu'à force d'or et de persévérance ; les épreuves en sont quelquefois si pénibles, qu'il est plus sage de se battre en retraite, dès que l'on parvient à l'équilibre des capitaux qu'il ne faut pas confondre avec celui des chances qui peuvent être en minorité de 50 ou 60 coups sans être en perte; cela dépend du laps de tems qu'on a joué.

Il est plus sage de jouer tableaux et couleurs ensembles, un seul capital suffit, la forte masse exempte la foible du refait de 31, et vous altérez l'avantage du banquier, L'un balance assez souvent la sévérité de l'autre.

Quoiqu'il en soit, il est constant qu'on trouve le fond du sac à cette marche comme à toutes les autres; rien ne peut détruire l'avantage immense du banquier, ce sont les colonnes d'Hercule que cent mille pontes ne peuvent ébranler; et c'est une calomnie que de l'attribuer à M. d'Alembert ou à tout autre savant géomètre; je les ai lus tous, et n'ai trouvé qu'un calcul croissant et décroissant, appliqués à des habits d'uniformes plus assujétis *aux boulets de canons* qu'aux refaits de Trente-un.

Lorsqu'il y aura urgence par tempérament de jouer, on préfèrera sans doute la progression suivante.

Vingt coups de 3 liv., 6, 9, augmentant toujours de 3 liv. jusques et compris 60 liv., forment un total de 630 liv.

20 coups pour 26 l. 6 liv.
40 à 3 louis. 120 l. total 146 l. . 6 liv.
40 . 5 . . . 200 . . . 346 . . 6.

100 coups.

10 à 3 louis. . 30 gain 90.
30 . 5 . . . 150 . . . 90.

Dix coups en gain couvrent de 20, et trente de 60.

Les 90 liv. de chaque série à masse égale tiennent lieu de ballottage, et quel cas peut on en faire à une certaine hauteur à côté des 31 ?

On trouve à ces différentes progressions une économie sur l'autre de 6,840 liv., et plus de célérité pour trouver l'équilibre des capitaux.

Ce jeu de l'une ou l'autre manière séduit au premier apperçu ceux qui n'ont du Trente-un qu'une légère théorie ; ils ne craignent pas de l'entreprendre à 40 ou 50 coups, de commencer même la progression à 3, 5, 10 masses pour jouir avec avantage de la majorité qui ne peut se soutenir long-tems par les refaits de 31 ; on s'aveugle sur quelques succès, comme si les martyrs n'avoient pas par fois de bons momens.

On doit se taire devant le hasard; mais on regarde aujourd'hui cette *sublime découverte* comme le *nec plus ultrà* du Trente-un ; et j'atteste que c'est un crime d'en être l'apôtre, ainsi qu'à telle autre marche que ce soit.

On redoute l'écueil quand on a fait naufrage,
Et le malheur d'un fou sert à le rendre sage.

Diverses manières de vaincre l'avantage du Banquier, sans être géomètre.

Un joueur voyant payer un louis de trop, le convoita de manière à se l'approprier. Etant à 64, notre homme paye de hardiesse et les retire. Ils ne vous appartiennent pas, lui dit le banquier d'un ton ferme et assuré, vous ne pontez jamais au-delà du petit écu. — Monsieur vous certifiera qu'il m'a prêté le louis : (tout bas) *nous partagerons.* — Pardon, Monsieur, il y a donc bien long-tems ; car je ne m'en rappelle pas.

Deux joueurs à côté l'un de l'autre, et très-près du tableau, mirent séparément, sans avoir l'air de se connoître, deux assignats de 500 livres; l'un dit : Un louis au billet, et l'autre, tout va. Ils gagnèrent le coup; le banquier paye un louis à l'un, et un billet à l'autre. Vous êtes bien loin de compte, Monsieur; (ce billet cachoit 26,000 livres pressés au fer chaud) il fallut payer pour n'avoir pas marqué le jeu.

Un autre avoit pour habitude d'étendre ses louis avec un rateau auquel tenoit un double, à la faveur d'une boule de cire ; l'un et l'autre se détachèrent, on paya l'or : Nous ferons quitte ou double *pour cette masse*, (1) dit le banquier, car vous ne voyez ici que des quinquets.

Tout ce qui reluit n'est pas or. Un joueur affichoit le plus grand luxe dans sa manière d'être et de ponter, il n'avoit pas moins de mille louis apparens en rouleaux qui n'en valoient que cent. Il ne jouoit jamais qu'après le coup de 3 contre la série de 13, il en décachetoit toujours un ou deux qu'il sembloit prendre au hasard pour les premiers coups. Lorsqu'ils marchoient, il recommandoit bien, étant certain du poids, de ne pas les

(1) La boule de cire.

confondre

fondre avec ceux de la banque, on si prêtoit volontiers, dans la crainte qu'il ne portât ses faveurs ailleurs, il ne gagnoit pas moins d'un rouleau le matin et autant le soir, et devint honnête homme de séance en séance; mais d'autres moins heureux que lui déterminèrent les banquiers à ne tenir l'or qu'à découvert, et bientôt tout fut restitué avec intérêt.

Deux joueurs trouvèrent plus commode de jouer une longue martingale avec des cartons à vignettes, sur lesquels chaque somme étoit désignée, plutôt qu'avec des billets de la caisse d'escompte dont le papier étoit foible et sensible. Ils déposoient chaque fois dans les mains du banquier un porte-feuille qui présentoit d'un coup-d'œil la somme nécessaire; ils épuisèrent long-tems la banque; mais le moment fatal arriva, le banquier sortit de sa poche l'aimable porte-feuille, le posa en triomphe sur la table. Des actionnaires, joyeux de cette bonne aubaine, observèrent qu'il falloit mettre les billets en évidence, pour être à la discrétion des pontes. On développe, ô fatal destin! un seul représentoit un très-grand nombre; aussitôt les figures se métamorphosèrent, et les martingaleurs courent encore.

Un autre, toujours agité sans jouer un écu, faisoit autour de la table mille imprécations contre le jeu; il s'avance : Tout va, dit-il, au porte-feuille. Il gagne, et *frappant sur le porte-feuille*, dit : De trente coups en voilà donc un ! On trouva 200 livres isolés, et 20,000 liv. sous un ressort artistement préparé. Il fallut payer.

Un joueur avoit pour habitude de masser un petit écu au tableau perdant dès qu'il étoit enlevé; et tandis qu'on payoit l'autre, il avoit soin de laisser échapper un double louis en traversant d'un tableau à l'autre. Le banquier clairvoyant refusa de le payer à son tour. Vous oubliez ce double louis? — Le coup n'est pas encore tiré, lui repondit-on, et comme vous êtes aux deux tableaux, vous êtes bien sûr de ne pas tout perdre.

Martingale invincible à deux coups, lorsqu'on sait parler et agir.

Perrin et Comus ont parcouru Rome et toute l'Italie, Varsovie et toute la Pologne, les îles de l'Archipel et la Grèce, et n'ont rien vu de si sublime que le coup du sac, dont la simplicité tient du prodige. Ayez plusieurs sacs de 1,200 livres, et dites : Dix louis au sac, perdu, payez. Le reste au sac, perdu : videz le d'un air de désespoir, et jetez l'enveloppe derrière vous au nez d'un ami qui vous tient lieu de gibecière ; faites lui mille excuses.

Dix louis à un autre sac, perdu, on paye.

Le reste, le banquier répond : Tout va au sac, gagné.

Monsieur veut-il un rouleau ? — Certainement ; mais comptez et passez-moi la banque. (L'angle du sac contenoit des billets de compte courant à la hauteur de la banque). On compte, et il n'y eut pas le mot à dire.

Moyen infaillible de se convaincre des erreurs dans lesquelles ce jeu nous plonge.

Ayez sans cesse sous les yeux des tailles numérotées de 1 à 3,000, marquées avec beaucoup de netteté et d'exactitude ; sur-tout avec refaits de 31 seulement. Désignez ensuite telle chance, et à telle hauteur que vous voudrez de trois à dix coups, vos prétentions d'y avoir à la longue le plus léger bénéfice, seront bientôt évanouies, et vous saurez que les plus grandes fortunes y eussent échoué.

Les deux mille quarante points donnent un si grand nombre de chances que chaque taille en présente toujours de nouvelles, et aussi étonnantes les unes que les autres. Le détail nécessiteroit un volume considérable; toutes tendent au même but. Il est des marches plus ou moins sages, toutes éprouvent les mêmes résultats. Le choix doit être indifférent; toutes sont par le refait de 31, jouées en perte forcée; c'est l'inverse des alchimistes, des adeptes; ils métamorphosent le cuivre en or, et les amateurs de Trente-un leurs louis en centimes; c'est une vérité que nul joueur ne contestera. Les uns jouent par passion, d'autres par cupidité et spéculation, d'autres pour s'étourdir sur leurs revers, d'autres pour gazer des fortunes secrètes, et le plus grand nombre sur l'espoir de racheter leur perte; mais quelle erreur! puisque la marche du jeu ne permet pas d'y gagner, la perte de la veille est toujours irréparable; il est bien plus sage de l'ensevelir dans le plus profond oubli; car courir après avec des sommes proportionnées, c'est s'enfoncer de plus fort dans le précipice.

C'est à tort que l'on croit vaincre à force d'or, tout arrive à toute hauteur, rien ne résiste au hasard; nul ne peut le maîtriser. Ce qui réussit à l'un pendant quelque tems, tourne aussitôt au désavantage d'un autre. Le Trente-un est le jeu le plus facile à gagner son spectacle, et celui où l'on perd le plus aisément sa fortune; c'est le vase des Danaïdes, chacun y porte son offrande.

Rien de si perfide que d'écouter dans ces superbes salons ces enthousiastes, ces visionnaires, les apôtres de ce jeu (1) qui, après en avoir payé les principaux ornemens, se flattent encore d'un succès, sur une marche quelconque, sans se rappeler qu'ils ont payé en raison de leur jeu leur portion de plus de cinq millions de frais annuels pour Paris seulement, sans les événemens du gain de chaque banque, qui est encore bien plus considérable. En faut-il davantage pour déchirer le voile de l'illusion?

C'est méconnoître ce jeu que de demander

(1) *Nimium ne crede colori.* (Virg.)

à un ponte lorsqu'il a joué plusieurs décades, ce qu'il fait, s'il gagne ou s'il perd ; il y a bien plus à parier pour l'un que pour l'autre ; il perd très-certainement ; mais bien peu sont vrais sur ces questions, chacun veut cacher ses turpitudes, souvent on affecte un air enjoué, on fait des prosélytes qui s'y écrâsent à leur tour, comme si le mal de l'un guérissoit celui de l'autre..... Malheureux égoïstes !......

Ecoutez la raison, ne faites jamais de ce jeu qu'un simple amusement, ne livrez point au hasard ce qui ne vous appartient pas, car vous devez tout à vos enfans ; et si vous êtes célibataire riche, votre moralité vous prescrit de faire des heureux.

Si vous ne pouvez résister à la passion du jeu, soyez-y modéré ; n'ayez jamais d'autre idée que de jouer à masse égale, ou 1, 3, ou encore, mais pour plus grand extraordinaire, 1, 3, 7 ; voilà le cadre dans lequel vous devez vous restreindre.

Ce régime ne plaira pas aux banquiers ; mais prétendre à force d'or, d'esprit et d'intelligence vaincre le hasard, c'est prouver qu'on n'a pas d'intelligence.

Ce jeu, je le répète, présente chaque jour des évènemens plus extraordinaires les uns que les autres. Que n'a-t-on pas vu? et en mon particulier ;

J'ai vu une série droite de 22 et 21 intermittences.

Une taille donner 7 coups de 4, francs.

Une autre 11 noires et 13 rouges.

Deux tailles de suite se répéter à un seul coup de différence.

Une taille donner 3 séries de 7, 9 et 8.

Cinq tailles de suite sans un seul coup de 4 et 7, sans un coup de 5.

Trois tailles de suite, sans un coup de 1 isolé.

Onze coups de 2 sans interruption, 4 coups de 5, 3 coups de 6 et 3 coups de 7.

Un tableau ne pas faire son paroli en 2 tailles.

Une taille donner 6 coups de 3, francs.

Un tableau ne pas donner un coup de 3 en 4 tailles.

Dix-neuf coup de 3 sans un coup de 2 entre.

Une taille répéter 5 fois de suite 1 et 3.

J'ai vu sauter 2 fois en une séance l'inverse de 12 coups.

J'ai vu sauter 2 fois en une heure à 30 et 35 coups la même chance au paroli.

J'ai vu 5 refaits de 31 de suite. *Pauvres martingaleurs !*

J'ai vu Gusm** faire sauter en un jour plusieurs banques, et se coucher sans un écu.

J'ai vu bien des joueurs ivres faire sauter des banques.

J'ai vu des sages, des philosophes, de grands calculateurs, jouer et perdre comme les autres.

J'ai vu et je vois sans cesse des banquiers, rendre en pontant, ce qu'ils gagnent en banque.

J'ai vu des employés gagner 60 louis par mois, en perdre 500 en une séance.

J'ai vu de très-gros joueurs en fortune, se refuser les choses les plus urgentes.

J'ai vu des emprunteurs d'habitude au jeu très-prodigues (1).

---

(1) Quiconque a de l'argent; à force d'en prêter,
Risque fort son ami qui veut en emprunter;
Car de rendre l'argent le moment qui s'avance,
Peut des meilleurs amis rompre l'intelligence.
Si vous n'en prêtez pas, l'ami se fâchera,
En lui prêtant aussi l'ami vous manquera.
Il vaut pourtant bien mieux qu'il se fâche, il me semble,
Que de risquer de perdre et l'un et l'autre ensemble.

J'ai vu des pontes, ou plutôt des ombres, enlever du tableau la masse des autres, principalement sur les refaits de 31.

J'ai vu les mêmes, de bout au premier rang, se charger officieusement des masses de ceux qui étoient derrière, les placer à l'opposé pour jouer à qui perd gagne.

J'en ai vu de plus adroits encore masser tout simplement dans leurs poches afin d'éviter le refait de 31.

J'ai vu deux associés masser aux deux extrémités de la table, l'un à rouge et l'autre à noire, des doubles louis limés, et être criblés de refaits de 31.

J'ai vu bien des espiégleries ne porter aucun intérêt, puisque tout y reste.

J'ai vu bien des foux à ce jeu, et quoiqu'on en dise, on en verra toujours.

J'ai vu plus d'un joueur avide,
De son fatal penchant ne pouvoir s'affranchir;
Et de ces furieux que l'imprudence guide,
Beaucoup se ruiner, et fort peu s'enrichir.

J'ai vu dans les pays réunis, sous l'habit d'une femme, un démon outrager les mœurs.

J'ai vu la joueuse Arténice,
A cette passion immoler sa pudeur,
Et chercher dans ce sacrifice
Une ressource à son malheur.

J'ai vu depuis long-tems mille et mille injustices ;
J'ai vu peu de vertus, j'ai vu beaucoup de vices.

Réflexions.

C'est un bien singulier jeu que ce jeu de Trente-un, de telle manière qu'on le retourne.... c'est égal; c'est Jacques Spleen dans le Fou raisonnable ; on lui fait mille questions, auxquelles il répond brusquement :...... c'est égal. Eh! Monsieur, d'un procureur à un fripon...... c'est égal.

En effet, cent personnes jouent des marches différentes, elles sont toutes les mêmes : on ne sait qu'après la taille celui qui a bien ou mal choisi; l'un joue la gagnante, l'autre la perdante.... c'est égal.

D'autres ne jouent constamment qu'un tableau, qui souvent ne fait pas un paroli.... c'est égal.

D'autres ne jouent qu'un seul coup par

taille, pour éviter le Trente-un; mais ils le rencontrent en 33 coups d'attaque.... c'est égal.

Un autre joue une martingale 1, 3, 7; il expose 11 masses sans qu'il lui soit possible en définitif d'en gagner une seule.... c'est égal.

Un autre à 4 coups, 1, 3, 7, 15—26 masses, il se ruine bien plus promptement à 4 coups qu'à 3.... c'est égal.

Un autre à 10, il sautera en 1,024 coups et peut-être au premier, ses facultés ne lui permettront pas de courir après sa balance.... c'est égal.

Un autre joue d'un seul coup ce qu'il veut bien perdre, en un comme en mille, tout y reste..... c'est égal.

D'autres ne jouent la perdante qu'après 2, 3, 4, 5; plus ils attendent, plus ils s'exposent à rencontrer la série : ils se privent des chances les plus fréquentes, qu'ils partent après un ou après dix..... c'est égal.

D'autres ne jouent la perdante qu'un seul coup pour une chance déterminée, après 2 contre 9 coups de 3; mais 9 coups, de telle manière qu'on les retourne, doivent sauter en 512, et...... c'est égal.

D'autres jouent des jeux de patience, combinés avec art, ils gagnent et perdent lentement : l'esprit ne maîtrise point le hasard....... et c'est égal.

D'autres font nombre d'erreurs volontaires, n'importe s'ils jouent, tout y restera, et.... c'est égal.

Un autre joue la marche perpétuelle, croissante en perte et décroissante en gain : celui-ci cherche l'égalité d'une chance à une autre; c'est-à-dire, autant de rouges que de noires, ou autant de coups d'un que de coups de deux; mais il rencontrera bientôt une donnée contraire qui le portera à la séance suivante : s'il tarde à rétablir son équilibre, les Trente-un le ruineront, et.... c'est égal.

D'autres jouent des quarrés, ils divisent les 24 ou 30 coups de la taille, de 4 en 4, pour ne jouer dans chaque qu'un seul coup et paroli, c'est perdre géométriquement son argent, et.... c'est égal.

D'autres font des martingales ambulantes de banque en banque, pour n'y jouer qu'un seul coup en gain et continuer en perte, à 9 coups, par exemple, sur le coup de 1 la perdante. Pour sauter, il faut qu'ils tombent précisément à l'instant qu'ils arrivent sur une série de dix, qui ne doit paroître dans chaque maison que tous les 1,024 coups; mais ils peuvent la trouver aussitôt qu'ils se donnent beaucoup de mouvement ou qu'ils restent calmes....... c'est égal.

Un autre joue une martingale au paroli, elle nécessite deux coups de gain de suite et une progression proportionnée au coup simple; c'est un rafinement de calcul, et.... c'est égal.

Le paroli au tableau, qui vient de le faire, est tantôt bon, tantôt mauvais..... c'est égal.

Ah! par exemple, un très-beau jeu, est la gagnante sur le coup de 1, paroli masse en avant 7 et le va; le gain est vif et proportionné au capital qu'on expose; mais la perte aussi n'est pas moins rapide, il nécessite un coup de 4 : trois tailles de suite, quand on le cherche, n'en donnent aucun, et.... c'est égal.

La Sauteuse, cette chance est légère, elle ne dément pas son nom, et... c'est égal.

Le Pas de charge, la perdante sur les coups de 1 et coups de 2, contre les coups de 3; il se joue 1, 3, avec 4 masses, puis en gain, le quart, le tiers, le reste; une taille sans coup de 3, la banque saute. C'est un bien beau jeu que ce pas de charge, il annonce un combat, une victoire ; mais le Trente-un y fait sentinelle, les coups de 3 donnent tous les 8 coups, vous coupent les vivres, et... c'est égal.

La Gibraltar, la Baleine et le Mont-Vésuve ; oh ! pour celles-ci, elles feroient pâlir les banquiers s'ils n'avoient des pièces de Trente-un à opposer, et alors..... c'est égal.

La Physionomie ; c'est-à-dire, la sortie des cartes pour composer les points à noire et rouge. Si cette dernière n'a donné que de petites cartes, les probabilités sont pour des figures à la noire ; on joue alors la rouge ; mais un as fait ombre au tableau, on perd, et.... c'est égal.

Le point que noire et rouge ont donné...... L'avenir, au jeu de hasard, ne peut avoir aucun rapport avec le passé, et.... c'est égal.

La Tourneuse ; rouge, couleur, noire et inverse. On y varie ses plaisirs en courant après une gagnante que l'on attrape difficilement, et...... c'est égal.

Les marches de tailles, les répétitions, les probabilit s ; le hasard n'en admet aucunes, on est sans un écu quand elles arrivent, et... c'est égal.

L'inverse des coups précédens ; rien de si commun que dix et seize coups pareils, et il n'y a pas de doute que.... c'est égal.

Les chances prises au hasard à toute hauteur; il faut l'inverse à point nommé pour sauter, elles subissent le sort des autres, et.... c'est égal.

Les boules noires et rouges ; prenez-en mille ou simplement deux..... c'est égal.

Le dernier coup de la taille ; il est bon de savoir le nombre de points restans pour éviter de jouer à 62 et 72, qui est un coup sûr pour le banquier. Si on ne joue que de 63 à 71, on ne peut craindre le refait de Trente-un : le banquier perd son avantage ; mais un seul coup est pair ou non, et...... c'est égal.

Jacques Spleen est un gentleman bien désagréable lorsqu'il prouve qu'à ce jeu on expose beaucoup d'or sans nul espoir d'en gagner. Si on lui eût demandé quelle différence il fait d'un ponte à un S***, il eût répondu sans doute par habitude....... c'est égal.

Et du banquier au ponte........ *Goddem*, belle question! Il a de l'esprit comme trente mille au moins, et il s'en faut tout, que ce ne soit égal.

Pour moi, sans avoir nulle espèce de rancune contre ce jeu, je pose en principe que la meilleure combinaison ne vaut pas une scène de Racine ou de Corneille: mais chacun a ses passions; le Trente-un sur-tout a des charmes presque irrésistibles; c'est une pierre d'aimant dont on ne peut plus se détacher, il vous fait négliger jusqu'à vos devoirs les plus essentiels. Quelle erreur! En effet, rien ne paroît plus facile à deviner qu'un sur deux, rouge ou noire, perdante ou gagnante, c'est *goddem* dans Figaro; mais quand on sait toutes les manières d'y jouer, qu'on y a beaucoup d'esprit, *on s'y ruine bien plus promptement*; puis l'amabilité et la loyauté des banquiers (1); plus on les bat, plus ils vous font accueil, bien certains que ce

---

(1) Pardon, c'est encore *Zopire* qui parle:

La paix est dans ta bouche, et ton cœur en est loin;
Penses-tu me tromper?

MAHOMET.

Je n'en ai pas besoin.

N. B, Plus d'un banquier pourroit répondre:
J'ai connu le malheur, et je sais compatir.

n'est

n'est qu'un triomphe momentanée et un argent prêté à gros intérêt. Mais c'est toucher la lyre en présence des sourds ; on veut jouer et on jouera, quoiqu'on en dise, malgré l'immense avantage du banquier, parce qu'on croit toujours au bonheur du moment.

O vous, jeunes gens, qui désirez étouffer en vous le germe de cette passion funeste, ne vous présentez dans ces rassemblemens dangereux, où elle est alimentée, qu'à la fin de quelques séances! C'est-là que vous en verrez toutes les convulsions, et s'il vous reste un sentiment d'honneur, vous fuirez pour toujours ces superbes salons, dont la fréquentation conduit à tous les crimes. Rappelez-vous sans cesse que le joueur n'est susceptible d'aucun bien, qu'il ne peut être ni bon fils, ni bon mari, ni bon père, ni bon ami, ni bon magistrat, et que rien n'est plus fou que de compter sur le hasard pour accroître votre aisance plutôt que sur le travail et l'industrie.

(*Latet anguis in herbâ.*)

Rarement un joueur écoute la raison,
C'est un cheval fougueux, jamais rien ne l'arrête ;
Qu'il gagne ou bien qu'il perde, il n'agit [illegible] sa tête,
Avec lui les conseils ne sont point de saison.

L'utilité du jeu.

Défendre le jeu, ce seroit défendre de manger ou de dormir. Ne joueroit-on pas dans les caves, dans les greniers, sur les toits, dans les batelets de Paris à Saint-Cloud, et peut-être jusqu'à la Tamise, pour éviter la surveillance des commissaires ?

Sans le jeu, plus de marchandes de modes, plus de ces grands artistes en perruques, qui d'une tête très-ordinaire nous représentent les anciens Romains, tels que Brutus, Titus, Caracalla.

Rien de plus commode pour les grâces que le jeu; elles reçoivent de leurs amans, robes, dentelles et bijoux précieux; elles ont gagné au Trente-un..... Les maris n'ont rien à dire.

Un jeune Adonis est attaché au char d'une divinité qu'il ruine; on croit qu'il joue, qu'il est opulent, le 31 gaze sa réputation, et tout va le mieux du monde.

Un riche héritier emprunte à gros intérêt, va briller à Tivoli, Bourbon, Idalie, Mousseaux, Frascati, Bagatelle; le père ne s'en inquiète nullement, il admire le bonheur de son fils *et l'utilité du Trente-un.*

LA PASSION DU JEU,

ODE.

Pièce de poésie qui a remporté le prix de l'Académie Française, en l'année 1751, par le Chevalier de LAURÈS.

QUELS pâles et sombres ministres
Dans ce temple secret viennent de pénétrer?
Autour de ces flambeaux, quels mysteres sinistres
S'empressent-ils de célébrer?
A l'aspect des dons qu'ils présentent,
Des desirs ardens les tourmentent,
D'espérance et d'effroi leur cœur est agité.
Quel est ce culte impie? et quel dieu peut se plaire
A l'encens toujours mercenaire
Par une main avide offert et regretté?

Intérêt, pere des grands crimes,
Puis-je te méconnoître à ces traits odieux?
Toi, qui des vils mortels, tes prêtres, tes victimes,
Promenes la honte en tous lieux;
Pour déchirer leur sein avare,
Ta voix évoqua du Ténare

Le jeu, de leur fureur éternel châtiment.
Ils accourent, guidés par une main cruelle;
Mais du monstre qui les appelle,
Eux-mêmes sont bientôt la proie et l'aliment.

Un sacrificateur déploie
Du sort, sur un autel, les décrets souverains :
Quel silence ! quels vœux ! la douleur et la joie
Tour-à-tour naissent de ses mains ;
La troupe inquiète et tremblante
Fixe sa vue impatiente
Sur un livre bizarre, arbitre du combat.
De ses adorateurs la fortune se joue,
L'instant qui voit tourner sa roue
Les éleve cent fois, et cent fois les abat.

Déesse aveugle, tu décides,
Ton caprice, à son gré, décerne enfin le prix ;
Sur les infortunés frappant des coups rapides,
Tu couronnes tes favoris.
Soudain, ô désespoir horrible !
L'œil étincelant, l'air terrible !
L'un dévore le livre où son sort est écrit ;
L'autre brise l'autel, et dans sa rage extrême,
Tournant son bras contre lui-même,
Se punit d'un penchant qu'il déteste et chérit.

Minos, dans son urne effrayante,
Roule-t-il parmi nous les arrêts du destin ;
Quoi ! l'ivoire échappé de sa prison bruyante,
Va fixer le sort incertain !

Le cube vagabond hésite,
Il menace, il flatte, il agite
Tous les yeux, tous les cœurs dans sa route entraînés.
Il s'arrête : les airs de clameurs retentissent ;
Les proscrits éperdus maudissent
L'irrévocable loi qui les a condamnés.

Dans le gouffre qui les dévore,
Un téméraire en vain voit périr ses trésors ;
Pour les renouveler, pour les y perdre encore,
Il tente les derniers efforts.
Insensé ! quel démon te guide ?
Connois ta fureur parricide ;
Vois ton épouse en pleurs de tes maux t'accuser ;
Vois tes fils languissans privés de nourriture ;
Entends les cris de la nature ;
Barbare, c'est leur sang que tu vas épuiser.

A leur sort cruel peu sensible,
Il revole au combat, et le ciel l'en punit :
Il fuit, et pour jamais, par un serment terrible,
Du cirque affreux il se bannit.
Vain serment, l'espoir le ramene
A la voix de cette Sirene ;
Plus ardent, il se livre à des périls nouveaux.
Tel le pilote à peine échappé du naufrage,
Oubliant ses vœux et l'orage,
Au cri de l'intérêt, s'élance sur les eaux.

La fortune enfin adoucie,
A l'avide joueur prodigue ses présens,

De son cœur affamé l'ardeur se rassasie,
Le succès égare ses sens.
Du bonheur, ô trompeuse image!
O songe enchanteur et volage,
Qu'un réveil désolant va bientôt dissiper!
Déesse, sous des fleurs tu lui caches l'abîme;
C'est pour mieux parer ta victime
Que ta fureur secrète est lente à la frapper.

Sans doute au milieu des richesses
Il goûte les plaisirs d'un jour pur et serein;
Il est heureux : non, non, ces perfides caresses
Sement le trouble dans son sein.
Avec le gain sa soif augmente;
Le retour du sort l'épouvante,
Il projette, il calcule, il pousse des soupirs;
Un funeste poison se glisse dans ses veines,
L'enivre d'espérances vaines,
Et nourrit dans son cœur l'hydre de ses desirs.

Les revers en foule renaissent,
Sa moisson est en butte à de fougueux torrens;
Il s'obstine, et bientôt ses trésors disparoissent
Changés en remords dévorans.
Enfin, l'indigence cruelle
Traînant tous les maux avec elle,
Dissipe, mais trop tard, l'erreur qui l'a séduit.
Sans asile, rebut du monde qui l'abhorre,
O mort! il t'appelle, il t'implore;
Tu serois un bienfait dans l'horreur qui le suit.

Du coup rigoureux qui l'opprime,
Heureux, s'il put, du moins, sauver sa probité ;
Mais trop souvent alors dans les sentiers du crime,
Par l'orage il est emporté.
Du sort enchaînant les caprices,
Sa main féconde en artifices
Dépouille des rivaux dont l'œil est fasciné :
Fatal excès d'un cœur que l'intérêt surmonte !
Il grave les traits de la honte
Sur un front que l'honneur peut-être eût couronné.

Fuyez ; à tant de barbaries,
O Grâces, gardez-vous de vous associer !
Eh quoi ! mères des ris, sur l'autel des furies
Vous avez pu sacrifier !
A d'indignes tourmens livrées,
De la perte désespérées,
Vous ne connoissez plus ni repos, ni douceurs,
L'Amour, en soupirant, voit les sombres alarmes ;
Obscurcir l'éclat de vos charmes,
Et lui ravir un trône où voloient tous les cœurs.

P. S. Les triumvirs, après avoir pris communication du Trente un dévoilé s'expriment ainsi :

P**. Moi je garde à ce fourbe une haine éternelle.
De mon cœur ulcéré, la plaie est trop cruelle. *Volt.*
Eh ! que m'importe Omar, et Palmire, et Zopire?
Toutes ces vérités ne valent rien à dire.
. . . . Qu'en pensez-vous seigneur?

B*. Que je valois bien mieux honnête laboureur.

B**. Hippocrate dit oui, et Gallien dit non.
L'argent, l'argent, dit-on, sans lui tout est stérile;
La vertu sans argent est un meuble inutile.

Veritas veritatum et omnia veritas.

FIN.

DE L'IMPRIMERIE DE A. CL. FORGET,
rue du Four Saint-Honoré, N°. 487.

www.ingramcontent.com/pod-product-compliance
Ingram Content Group UK Ltd.
Pitfield, Milton Keynes, MK11 3LW, UK
UKHW051022210726
13857UKWH00007B/1231

9 782013 031790